這本書屬於

Harry Potter

但是要分榮恩·衛斯理看
因為他的那本掉了

你幹嘛不自己去買一本？
不會在你自己書上寫吧？
　　　　　　妙麗

你禮拜六浪費錢買了一堆屎炸彈
那些錢夠你買一本新書了

屎炸彈萬歲

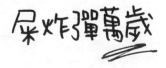

怪獸與牠們的產地
FANTASTIC BEASTS
& WHERE TO FIND THEM

扭特・卡曼德◎著
Newt Scamander

特別紀念版
阿不思・鄧不利多撰序推薦

皇冠文化集團

協同

Obscurus Books
倫敦斜角巷 18 號 A 座

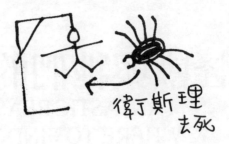

衛斯理
去死

a _ _ _ _ a n _ _ l a

g s y d e
r p j t k b

0	x	x
0	0	x
		x

哈利喜歡

~~愛哭鬼麥呆~~

CONTENTS

＝查德利砲彈隊＝
拜託你！衛斯理！
換一支像樣的球隊寫在我的書上，
行不行？

關於作者

牛頓（『扭特』）‧阿特米斯‧費多‧卡曼德，生於一八九七年。他對於珍奇怪獸的興趣，是自小由母親所培養出來的。他的母親對於飼養鷹馬極為熱中。從霍格華茲魔法與巫術學院畢業之後，卡曼德先生便到了魔法部的『奇獸管控部』服務。他先是在『家庭小精靈安置處』待了兩年。據他所說，那是段『乏味至極』的日子。接著他被分發到了『怪獸司』，憑藉著他對魔法奇珍異獸的豐富知識，很快地便步步高升。

　　一九四七年的『狼人管制處』，可以說是他一手推動出來的；但據他所說，他最感到自豪的，卻是一九六五年通過的『實驗配種禁令』。拜該令所賜，所有在英國從事的『新品種野蠻怪獸配造活動』，都因此遭到了禁絕。卡曼德先生曾與『龍隻研究管制局』多次合作，前往國外進行學術研究。藉由這些旅行，他探訪到了許多資訊，通通都收錄在他這本世界暢銷書《怪獸與牠們的產地》當中。這本書現在已經印行到第五十二版。

　　扭特‧卡曼德也於一九七九年獲頒了『第二級梅林勳章』，以表彰他對魔法野獸研究，也就是『魔法動物學』

所做的貢獻。他目前已退休，與妻子波奔娣娜，以及他們的 Kneazle（獅尾貓）：哈皮、米莉和毛勒，一同居住於多斯特。

序

　　扭特·卡曼德邀我為《怪獸與牠們的產地》的這份紀念版作序，讓我感到萬分榮幸。扭特的這本大作，自出版以來，就一直是霍格華茲魔法與巫術學院的教科書，想必也幫助了許多本校的學生，讓他們在『奇獸飼育學』的考試上拿下高分──但這本書並不只限於在課堂上讀而已。每一個魔法家庭都少不了一本《怪獸與牠們的產地》。幾個世代以來，多少曾向它求教過的人，對本書是有口皆碑。拜本書所賜，他們找出了清理 Horklump（毛菇精）草皮的方法、學會了如何解析 Augurey（報喪鴉）的悲傷鳴叫，或是曉得了該怎樣治好他們家 Puffskein（胖胖球）喝馬桶水的習慣。

　　然而，這回的紀念版，卻負有比教化魔法家庭更神聖的使命。這可以說是，我們高貴的秘境出版公司，有史以來首度將它的出版品發行到麻瓜市場。

　　『Comic Relief』基金會的工作，是對抗這人世間的一些苦難，這在麻瓜世界中，早已是聲名遠播，因此我現在只需要對我的巫師同胞們做解釋就行了。容我告訴各位，並不是只有我們才體認到，歡笑具有多麼神奇的治療力，

麻瓜對這同樣很熟悉，他們則採用了最富想像力的方法，來使用這項天賜，也就是利用它來籌募基金，拯救塗炭生靈——這是我們所有人都極為欽佩的一種魔法。自一九八五年起，『Comic Relief』基金會已募得了一億七千四百多萬英鎊（等同於三千四百萬又八百七十二金加隆十四銀西可七青銅納特）。

如今魔法世界終於也有幸能助『Comic Relief』基金會一臂之力。您手上拿的這本《怪獸與牠們的產地》，是從哈利・波特的那本翻印過來的，保留了他本人及他的朋友所加註的眉批。雖然說，哈利似乎不太樂意讓本書以目前的形式呈現，我們『Comic Relief』基金會的朋友卻認為，他所添加的這些小地方將會為本書增加不少趣味。扭特・卡曼德先生對於人們在他的大作上塗塗抹抹，早已認命了，因此也欣然同意。

這本《怪獸與牠們的產地》的特別版將不只在『華麗與污痕』書店販售，在麻瓜書局也找得到。若是有巫師希望再做額外的捐獻，請透過古靈閣魔法銀行辦理（負責的妖精是拉環）。

最後我必須警告那些白看不買的人，這本書下了個『制賊咒』，請好自為之。同時我也想趁這機會，向購買

本書的麻瓜讀者們保證，本書中所提到的奇異動物都是虛構的，並不會傷害到各位。對巫師們，我只說：凡龍安於眠者忌驚。

阿不思‧鄧不利多

阿不思‧鄧不利多

導論
✤ 關於本書 ✤

　　《怪獸與牠們的產地》是我多年旅行研究下來的心血。遙想當年那個七歲的小巫師，成天在臥房裏花上幾個小時支解 Horklump（毛菇精），我便對他有朝一日將展開的旅程豔羨不已：從最黑暗的叢林到最明亮的沙漠、從擎天山岳到無底沼澤，當這名全身黏滿 Horklump、邋裏邋遢的小男孩長大之後，他將會跟隨著接下來所介紹的野獸們，一一探秘。我造訪過五大洲的獸巢、獸穴、獸窩，觀察過一百多個國家魔法野獸的有趣習性，見識過牠們的威力、取得過牠們的信任、偶爾也用我的旅行用茶壺將牠們擊退。

　　第一版的《怪獸與牠們的產地》，是當初在一九一八年時，秘境圖書的奧古特斯・沃姆先生找我寫的。他問我，有沒有意願為他的出版社寫一本介紹魔法動物的權威性簡冊。當時我還只是個魔法部的小雇員，立刻把握了這

千載難逢的機會，既能貼補我那每週兩銀西可的微薄薪水，又能環繞世界度假去找尋新品種的魔法動物。接下來的經過，就都記在出版史上了：《怪獸與牠們的產地》現在已經印到了第五十二版。

寫這篇導論，主要是因為，本書自一九二七年首次出版以來，郵差每週都會帶來許許多多讀者所提出的問題，藉此機會，希望能答覆其中最常被問到的一些問題。首先要討論的，便是最基本的一個問題——到底什麼是『怪獸』？

毛茸茸的大東西，長了好多隻腳？

↑

⊹ 什麼是怪獸？⊹

所謂『怪獸』的定義，幾世紀以來一直是爭論不休。首次接觸魔法動物學的學生，可能會感到很訝異，但若想將這問題釐清，首先我們得來看看三種魔法生物。

狼人大部分的時候都保持著人形（不管是巫師或麻瓜都一樣）。然而，他們每個月都會變身一次，轉成兇猛的四腳野獸，只知殺戮，不存人性。

人馬的習性與人類完全不同，他們住在荒郊野外，不穿衣服。不管是巫師也好，麻瓜也好，人馬都不喜歡跟他們打交道。但，人馬的智力又能與人類匹敵。

　　山怪外貌跟人類相似，能夠直立走路，可能還教得會幾句人話，但山怪的智力卻還比不上最笨的獨角獸，本身也沒有任何的魔力，只空有一身怪力而已。

　　於是我們就得思考：這幾種生物裏頭，到底哪些稱得上是『靈性生物』——也就是說，在魔法世界的統治圈中，有資格佔有一席之地的——而哪些又是『怪獸』？

　　早先在決定哪些魔法生物該歸類為『野獸』時，所使用的手法都極為草率。

　　布達克‧莫杜，十四世紀的巫師評議會（註1）議長，曾經下令，在魔法世界中，任何用兩條腿走路的，就具備『靈性生物』的身分，其他的就都算是『怪獸』。為了表示友好，他召集了所有的『靈性生物』，跟巫師們進行會談，一同討論新的魔法世界律法。但到頭來，他卻極為沮喪地發現，自己根本料錯了。妖精們把所有找得到的雙腿生物都帶來了，將會議廳擠得水洩不通。芭蒂達‧巴沙特

【註1】：巫師評議會乃是魔法部的前身。

在《魔法史》一書中爲我們描述了當時的狀況：

　　屋裏滿是Diricawl　（謎蹤鳥）的嘎嘎叫聲、
Augurey（報喪鴉）的哀鳴、以及Fwooper（彩鳴鳥）
沒完沒了的穿耳魔歌，把其他的聲音都給壓蓋過去
了。巫師、女巫們嘗試著討論擺在面前的文案，但
總有一堆綠仙及小仙子繞著他們的頭轉來轉去，嘻
嘻哈哈地吵鬧著。十來個山怪掄起棒子，開始拆解
房間，而醜老巫婆們則到處跑來跑去，想找小孩子
來吃。評議會議長站起身，打算要開始主持會議，
但卻一腳踩上了Porlock（醜馬俠）的大便，摔了個
四腳朝天，氣得他破口大罵，拂袖而去。

　　如同我們所見到的，光有兩條腿，並不保證該魔法生
物就有能力，或有意願，與巫師政府打交道。布達克・莫
杜惱羞成怒，宣布從今以後不再嘗試將非巫師的魔法生物
整合進巫師評議會。
　　莫杜的繼任者，艾弗麗達・克拉格夫人，試圖重新爲
『靈性生物』下定義，希望能藉此與其他的魔法生物建立
更密切的交流。只要是會說人話的，她宣稱，就都算是

『靈性生物』。因此，接下來又召開了一次大會，把所有能對評議會議員表情達意的生物都找了來。但是，這回仍舊出了狀況。那些讓妖精們教會幾句人話的山怪們，依舊像前一次一樣，大肆破壞著會議廳。Jarvey（魔貂）們則是繞著椅子腳飛奔著，人們的腳踝都讓牠們給抓破了。

另一方面，大批的幽靈代表（之前莫杜當家時是被禁止與會的，所持的理由是他們並非用雙腿走路，而是用飄的）雖然也出席這場會議，但是隨後便拂袖而去。據他們事後所稱，原因是『評議會竟然如此恬不知恥，只注重到活人的利益，卻罔顧死人的意願』。當初在莫杜執政時，人馬是被定義爲『怪獸』的，而現在換了克拉格夫人上台，便被定義成了『靈性生物』。但人馬們卻拒絕出席，爲的是抗議人魚們被排擠在外；人魚一旦出了水，除了人魚話之外，便無法用任何其他方式交談。

一直到了一八一一年，大家才研究出了讓大多數的魔法世界成員滿意的定義。葛洛根・史頓，新上任的魔法部長，宣布了所謂的『任何生物，舉凡其智力足以理解魔法世界律法，並足以使其共同肩負起制定這些律法的責任』，就都算是『靈性生物』（註2）。趁著妖精們不在場的時候，眾巫師們質詢了山怪代表，判定他們根本對所提

的問題完全聽不懂；因此，即便山怪有兩條腿，仍舊被定為『怪獸』；對於人魚們，則透過了翻譯，首度邀請他們加入『靈性生物』的行列；至於小仙子、綠仙以及地精，雖然說外貌與人相仿，但卻絲毫沒有妥協餘地，被判入了『怪獸』類。

當然，天下並未從此太平。我們都很清楚，有部分的偏激份子主張要將麻瓜歸類成『怪獸』；我們也都曉得，人馬當初拒絕了『靈性生物』的身分，要求繼續做他們的『怪獸』（註3）；而狼人們，多年來則一直在怪獸司與靈性生物司之間被踢來踢去；目前的情況是，靈性生物司當中設有一個『狼人支援服務處』，而『狼人管制處』及『狼人獵捕局』卻都歸怪獸司所管。有許多智力極高的生物，

【註2】：但幽靈們卻有意見，認為將他們與其他『在世』的生物歸類在一起，有欠妥當，因為到底他們已經算是『不在這世上』了。因此史頓做出讓步，創立了至今仍沿用的分制，將奇獸管控部分成了三個司：怪獸司、靈性生物司以及鬼魂司。

【註3】：人馬不願意跟某些生物一同分享『靈性生物』這稱號，比方像醜老巫婆吸血鬼，並宣稱他們跟巫師劃清界線，井水不犯河水。一年之後，人魚也提出了同樣的要求。魔法部極不情願地答應了牠們。雖然說在奇獸管控部的怪獸司中，至今仍設立著『人馬聯絡處』，卻從來沒有任何人馬找上門過。如今，『被調派到人馬處』已經成了該部自己人互開的玩笑，表示該員不久將被開除。

都被分成了『怪獸』，原因是牠們無法克制自己殘暴的天性。Acromantula（蜘蛛精）以及人面蠍尾獅都能夠做有深度的談話，但只要一有人類靠近，就會被牠們吞掉。人面獅身獸則只會出謎題、謎語，而萬一對方答錯了，牠們便獸性大發。

在下面所列舉的怪獸當中，舉凡在分類上有爭議的，我都特別註記了出來。

現在，讓我們來探討一個，只要談到魔法動物學時，巫師、女巫們最愛提的一個問題：為什麼麻瓜不會注意到這些動物呢？

你騙人！

麻瓜對怪獸了解程度之簡史

說起來，可能有不少巫師會感到很驚訝，不過即便我們多年以來一直致力於防範麻瓜與魔法生物、怪獸的接觸，麻瓜們對這些動物卻並不是一無所知的。從麻瓜中世紀的文學與藝術中可以看出，其實很多他們當初所想像的怪獸，都真的存在。比方像龍、獅身鷹面獸、獨角獸、鳳凰、人馬——這些以及其他一些魔法生物，都曾在當年麻

瓜的作品中出現過，雖然說他們的描繪往往是跟實物相差了十萬八千里，到了近乎可笑的地步。

然而，一旦詳細察看當時這些麻瓜的記述，我們便會發現，其實大多數的魔法生物，麻瓜不是根本就沒注意到，要不就把牠們錯認做其他的動物。請看下面這份手稿的殘存片段，這是由一位來自沃斯特郡，名叫班尼迪的聖芳濟教派修士所寫的：

今天當我在藥草園裏幹活時，我挖開了一叢紫蘇，居然從當中跳出一隻大到嚇人的雪貂。牠並沒像一般的雪貂一樣倉皇逃走，或躲藏起來，反倒往我身上撲過來，將我撞倒在地，怒不可遏地大吼著，『滾一邊去，禿驢！』接著狠狠地在我的鼻子上咬了一口，害我流了好幾個小時的血。我向另一位修士提了這件事，他卻不相信我碰見了一隻會說話的雪貂，問我說是不是跑去偷喝了波尼非斯修士釀的蕪菁酒。到了晚禱時，我的鼻子仍舊腫脹流著血，因此我便提早告退了。

顯然我們這位麻瓜朋友挖出的並不是什麼雪貂，而是

一隻 Jarvey（魔貂），很有可能是在追捕牠最喜歡的獵物，地精。

　　一知半解往往比無知更加危險，而麻瓜對於巫術的恐懼，自然也因為擔憂藥草園裏可能跑出什麼怪東西，而越發嚴重。在這個時期，麻瓜對巫師的迫害，可說是達到了前所未有的鼎盛，情況之所以惡化，與當時爆發了多起目睹飛龍或是鷹馬的案例，自然大有關聯。

　　本書並不打算探討當年巫師大逃難之前的那段黑暗時期（註4）。在此，我們只對那些珍奇怪獸的命運感到有興趣；只要麻瓜一日不相信魔法的存在，那麼這些動物就得一日過著藏頭藏尾的生活，正如同我們巫師一樣。

　　國際巫師聯盟在一六九二年召開了場著名的高峰會，針對這個議題徹底爭辯了一番。各國的巫師代表齊聚一堂，為了魔法生物這個令人頭疼的問題，討論了有七週之久，有時甚至爭得面紅耳赤。我們究竟有辦法隱藏多少種動物，不讓麻瓜發現？而又該藏哪些動物？我們要把牠們藏到哪兒去？要如何來藏？整個是吵得滿城風雨，而在這

【註4】：若是有人想徹底了解這段巫術史上的血腥時期，請參閱芭蒂達・巴沙特所著的《魔法史》（小紅書出版社，一九四七年）

期間，一部分的魔法動物對這議題是漠不關心，絲毫不在乎自己的命運正在被討論著；另一部分的動物們則加入了辯論（註5）。

最後終於達成了協議（註6）。總共有二十七種的魔法動物，大至龍，小至Bundimun（綠黴怪），將受到隔離措施，不讓麻瓜發現，好讓他們相信，這些動物根本一直都是想像出來的。到了下個世紀，巫師們對他們的隱藏本領越來越有自信，於是便不斷地增加隔離品種的數目。一七五○年時，國際巫術保密協定又添加了第七十三號條款，而各國的魔法部，一直到了今天，都仍舊遵守著這項協定：

　　　各國的魔法政府必須對其境內的魔法怪獸、靈性生物、鬼魂負起隱藏、照料、看管的責任。若是上述任何一種魔法生物對麻瓜造成了傷害，或吸引了麻瓜的注意力，該國的魔法政府均將受到國際巫師聯盟的懲處。

【註5】：巫師們說服了人馬、人魚以及妖精派遣代表出席高峰會。
【註6】：除了妖精以外。

⟶ 魔法怪獸的隱藏情形 ⟵

不可否認的，自第七十三號條款頒布以來，難免會發生觸犯違規的情形。老一輩的英國讀者應該還記得，一九三二年的伊法寇事件，當時一隻暴戾的威爾士綠龍突然出現，俯衝到了一個海灘上，上頭全是麻瓜在晒太陽。當時多虧了一個在那兒度假的魔法家庭見義勇為，才將後遺症減到最低（之後他們獲頒第一級梅林勳章）。他們當場祭出了本世紀最大規模的記憶咒，施在伊法寇的居民身上，因此才僥倖避過了一場大災難（註7）。

某些國家一再地違反第七十三號條款，逼使國際巫師聯盟不斷地予以罰款。西藏以及蘇格蘭是其中最常違反規定的兩個地區。麻瓜目睹雪人的次數已經不勝枚舉，導致國際巫師聯盟認為，有必要在當地山區佈下常設性的國際聯合部隊。而在尼斯湖，世界上最大隻的水怪則仍未被捕

【註7】：他在一九七二年所出版的《發現真相的麻瓜們》這本書中，布來罕・史塔克宣稱，某些伊法寇的居民逃過了當時的集體記憶咒。『直到今天，一位住在南部海岸，名叫「怪得克」的麻瓜，仍舊堅稱著當初有一隻「噁心的飛天大蜥蜴」把他放在沙灘上的氣墊床給刺破了。』

獲，而且似乎變得極愛出風頭。

　　儘管這些不幸的案例層出不窮，我們巫師仍有資格感到自豪。

　　毫無疑問的，今日絕大多數的麻瓜大都認為，當年讓他們的祖先感到極度恐懼的那些魔法怪獸，根本是荒誕不經的。就算真的有麻瓜注意到了 Porlock（醜馬伕）的大便，或是 Streeler（變色蝸）留下的印子──若真有人認為，能將這些動物留下的所有痕跡通通消去，那實在是愚不可及──也會找些牽強的非魔法理由來加以解釋（註8）。倘若有哪個超愚蠢的麻瓜不智地向另一個麻瓜透露，他見到了一隻鷹馬朝北方飛去，一般都會被當做喝醉或是『瘋癲了』。雖然對這些麻瓜來說，可能有些不公平，但無論如何，這總比被綁在木椿上燒死，或是被扔進村落裏的養鴨池裏淹死來得好。

　　那麼，魔法世界到底是用什麼方法，將怪獸們隱藏起來的呢？

　　很幸運地，某些動物並不需要巫術的協助，來躲避麻

【註8】：若是想進一步了解麻瓜這項可喜的習性，讀者們可以參考由莫迪克斯・蛋教授所著的《凡夫俗子的哲學：為什麼麻瓜寧願不知道》（塵與霉出版社，一九六三年）。

瓜。諸如遁形豬、Demiguise（幻影猿）以及Bowtruckle（木精）等動物，都有著高超的隱身能力或保護色，從來就不需要魔法部替牠們操心。而還有一部分的怪獸，則生性極為精明，要不就極為害羞，會不計一切代價，主動避開麻瓜——比方像獨角獸、Mooncalf（拜月獸）、以及人馬。其他的魔法動物則居住在麻瓜到不了的地方——就好像Acromantula（蜘蛛精），住在與世隔絕的波尼歐森林裏；像鳳凰，築巢的地點都選在不用魔法就上不了的高山頂端。

最後，也是最常見的一些怪獸，是憑藉著體型小、動作快、或是反應敏捷，得以蒙混成普通的動物，而躲過麻瓜的注意——在這一類當中，包括了有Chizpurfle（吞魔蟲）、Billywig（旋舞針）以及Crup（叉尾犬）等。

儘管如此，卻還是有許多其他的怪獸，不管是有意或無意地，都顯得格外引人注目，醒目到了就連麻瓜都不會錯過，而正是這些怪獸，為奇獸管控部帶來了繁重的工作量。這個魔法部底下的第二大機構（註9），在處理它所

【註9】：魔法部底下最大的機構是魔法執法部；其餘的六個部門，多少都敬畏它三分——唯一的例外，可能就只有神祕事務部了。

照料的這些動物時，是採取對症下藥，不同需求有不同的處理方式。

安全的棲息地

在隱藏魔法動物這項工作當中，最重要的，大概要算是建立一個安全的棲息地了。一般說來，麻瓜驅逐咒是極為有效的方式，用來防止麻瓜闖入人馬及獨角獸居住的森林，以及人魚特屬的湖泊河流區。在比較極端的情況裏，比方像Quintaped（五足獸）所居住的地方，整塊區域都得施法變成『抗辨識區』（註10）。

這些安全區域當中，有些必須持續地以巫術看管；比方說，龍群保護區。獨角獸跟人魚是巴不得能待在特別為牠們設置的保護區內，永遠不要出來；但龍卻是逮著機會就想跑出來，到外頭找獵物。

在某些情況之下，麻瓜驅逐咒則派不上用場，因為怪獸本身有能力讓這些咒失效。比方像水怪，牠生存的唯一目的，就是要把人類騙到水底下去；或者像Pogrebin（石鬼），也是喜歡找人類來下手。

【註10】：當一塊地被變成抗辨識區後，就沒有辦法把它標上地圖了。

販賣及繁殖管制

大型或危險的魔法怪獸，是不准加以繁殖或將牠們的幼獸及蛋販賣的，違者將處以極重的罰款，而這些怪獸被麻瓜發現的可能性，也就因此降低了。

奇獸管控部對於怪獸的買賣，一直都保持嚴密的監控。一九六五年的『實驗配種禁令』，已經明確禁止了創造新品種的魔法動物。←可是都没有人去跟海格說

去幻像咒

民間的巫師們也必須為隱藏魔法怪獸出一分力。比方說，飼養鷹馬的巫師，根據法律規定，必須為他的寵物施『去幻像咒』，以防萬一麻瓜撞見時，能扭曲麻瓜所看見的影像。去幻像咒必須每天施行，因為它的效果很快就會退掉。

記憶咒

當最糟的情況發生，也就是讓麻瓜看見了他們不該看的東西時，記憶咒可能是最有效的彌補措施了。記憶咒可由怪獸的飼主施行，但若是情況極為棘手時，可由魔法部派遣受過訓練的『除憶師』前去處理。

誤報新聞室

只有碰上了最嚴重的魔法世界麻瓜衝突時，誤報新聞室才會介入。某些魔法災禍或意外，實在是明顯到了連麻瓜都無法以所謂的『常理』來解釋，而這時便需要外力的介入。像這種情況下，誤報新聞室便會聯絡麻瓜那邊的首相，以研討出一個非魔法的合理解釋。當初尼斯湖水怪被拍下照片時，情勢一度極為不妙，多虧了該辦公室全力以赴，說服了麻瓜們那些相片是假造的，才及時解決了一場可怕的危機。

⊹ 魔法動物學的重要性 ⊹

奇獸管控部為隔離魔法動物，花費極大心血，以上所提到的隔離措施，僅只是當中的一小部分而已。最後要回答的問題，其實答案大家內心裏都很清楚：不管是整個魔法世界也好，每一個巫師、女巫也好，為什麼大家都花費這麼多的心力來保護藏匿這些魔法怪獸，何況有些還那麼的兇猛不馴。答案當然是：為了要讓未來世世代代的巫

師、女巫們，都能像我們一樣，有幸能見識到牠們如此奇特的美與魔力。

我希望藉這本書拋磚引玉，希望有更多人致力探索這些魔法動物的奧妙。以下爲各位介紹的魔法怪獸一共有七十五種，但我相信，說不定今年什麼時候就會又有人發現新的品種，到時候《怪獸與牠們的產地》便將能修訂出第五十三版了。最後我只想告訴大家，沒想到居然有這麼多世代的年輕巫師、女巫們，都藉由我的書，而對我所熱愛的這些怪獸們有了進一步的認知與了解，這實在是讓我欣慰不已。

M.O.M.分級表

奇獸管控部對於所有已知的怪獸、靈性生物以及鬼魂,都做了分級。大家只要看一眼這些分級記號,便可以了解該動物的危險程度。下面就是這五個級別:

魔法部 Ministry of Magic(M.O.M.)分級

或是所有海格喜歡的動物

XXXXX	可怕的巫師殺手 / 毫無可能加以訓練馴服
XXXX	危險 / 需具備專業知識才能接觸 / 高明的巫師可能有辦法對付
XXX	合格的巫師應足以對付
XX	無害 / 可以馴養
X	乏味

下面所列舉的怪獸當中,有部分的分級是我認為應當特別做解釋的,都予以另外註記。

怪獸A–Z小百科

⇥ Acromantula ⇤

M.O.M. 分級：XXXXX ✗✗✗✗✗✗✗✗

Acromantula（蜘蛛精）是外表恐怖的八眼蜘蛛，會說人話。產地是波尼歐，住在那裏濃密的森林裏。牠最顯著的特徵，包括全身長滿了粗硬的黑毛；腳伸展開來，可跨到十五呎的範圍；牠有螯，亢奮或生氣時，會拚命夾著，發出清晰的喀喀聲；另外牠還會吐毒液。蜘蛛精是肉食動物，喜歡捕食大型獵物。牠會在地面上織出圓頂形的蜘蛛網。母的比公的體型要大，每次可產下高達一百個蛋。這些蛋既軟又白，跟海灘球差不多大。小蜘蛛於六週到八週之後孵化出來。蜘蛛精的蛋，被奇獸管控部列為『一級禁售品』，這表示，若是將它們進口或是出售，將被懲處巨額罰款。

一般相信，這種怪獸是由巫術配育出來的，可能當初是為了用來守衛巫師住所或寶藏，就跟其他以魔法創造出

的怪物相類似（註1）。儘管牠的智力與人類相去不遠，蜘蛛精卻無法加以馴養，而不管是對巫師或麻瓜，都極為危險。

　　謠傳在蘇格蘭某地，已經建立起一個 Acromantula 的殖民地，但並未經證實。

已經由哈利波特跟榮恩衛斯理證實了

⊹ Ashwinder ⊹

M.O.M. 分級：XXX

　　Ashwinder（火灰蛇）是由於魔法火燄（註2）燒了太久沒去處理而產生的。牠體型細瘦，身子是灰白色，一對紅眼閃閃發亮。牠會從無人監督的餘燼中升起，爬到該棟屋子的陰暗處，身後會留下一道灰燼的痕跡。

　　Ashwinder 的壽命只有一個小時，而在那段時間內，牠會尋找陰暗隱密處下蛋，之後便化成一堆灰燼。Ashwinder 的蛋是豔紅色，會散出高熱。若是不馬上找出來，以適當的咒語凍結的話，它們將會把整棟屋子燒掉。

【註1】：會說人話的怪物，很少是自己學會的；Jarvey（魔貂）是個例外。實驗配種禁令是到了本世紀才頒布的，而首次發現 Acromantula（蜘蛛精）卻是遠在一七九四年。
【註2】：任何火裏頭添加了魔法物質都算，比方像呼嚕粉。

若是有巫師發現，屋子裏有一條或好幾條 Ashwinder 亂爬的話，必須馬上尋牠們的蹤跡，把那窩蛋給找出來。一旦凍結之後，這些蛋將會是用來製造愛情靈藥的重要配方，而整顆吞下去，則可以治療瘧疾。

Ashwinder 全世界都可以找到。

✦ Augurey ✦

（又名 Irish Phoenix 愛爾蘭鳳凰）

M.O.M. 分級：XX

Augurey（報喪鴉）是英國及愛爾蘭的土產，不過偶爾也會在其他北歐地帶出沒。這種鳥體型瘦小，一副苦命樣，外表有點像隻餓瘦了的小禿鷹，不過牠是黑綠色的。牠生性極爲害羞，會找有刺灌木或荊棘叢築巢，吃的是大型昆蟲以及仙子，只有在下大雨時才會飛，否則都會躲在牠那淚珠狀的巢裏。

Augurey 的叫聲很特別，低沉並且會震盪，曾經在古代被認爲是死亡的預報。巫師們在外頭總是避開報喪鴉的巢，以免聽到那駭人的鳴叫，而據記載，更是有不少的巫師在經過樹叢間時，聽到了不知何方傳來的 Augurey 哀鳴，因而心臟病發（註 3）。然而，經過巫師們鍥而不捨

地調查，終於證明了，Augurey 叫其實只表示要下雨而已（註4）。自此之後，大家就喜歡在家裡養一隻，用做天氣預報，不過牠在冬季時會接連叫上個好幾個月，有時頗讓人受不了。Augurey 的羽毛無法做成筆，因爲墨蘸不上去。

⊹ Basilisk ⊹

（又名 the King of Serpents，萬蛇之王）

M.O.M. 分級：XXXXX

第一隻有記載的 Basilisk（蛇妖）是由惡人赫伯所孵育出來的。他是一位希臘的黑巫師，並且是爬說嘴，在經過許多次的實驗之後，發現了拿蟾蜍來孵雞蛋的話，孵出來的將會是隻擁有著奇特可怕威力的巨大蟒蛇。

Basilisk 是種豔綠色的蟒蛇，可以長到十五呎長。公

【註3】：怪胎烏瑞克曾經在一間至少養了五十隻 Augurey（報喪鴉）的房裏睡過。那年的冬季特別潮濕，有一天烏瑞克聽見了他的 Augurey（報喪鴉）在叫，確信自己已死去，變成一個鬼魂了。於是他便試著要穿過他家的牆壁，而根據編寫他傳記的拉朵弗斯·皮迪曼描述，他的下場是『腦震盪近十天』。

【註4】：請參閱蒽利佛·波克比於一八二四年所著的《爲什麼我聽了報喪鴉叫卻沒死》（小紅書出版社）。

的頭上長了猩紅色的冠羽。牠的獠牙毒性極強，但牠最可怕的攻擊方式，卻是用牠那對大黃眼盯住獵物。不管是誰，只要直視那對眼睛，絕對是當場暴斃。如果食物來源充足的話（Basilisk 是所有的哺乳類、鳥類都吃，大部分的爬蟲類牠也吃），巨蟒可以活到相當長壽。惡人赫伯的那隻 Basilisk 就被認為活了將近有九百年。

自中古時期開始，當局便禁止了孵育 Basilisk，不過若是有心要暗地裏來做，卻十分容易，只要在奇獸管控部前來察看時，將雞蛋自蟾蜍底下抽走便成了。除了爬說嘴之外，其他誰的話 Basilisk 都不聽，因此就算是對黑巫師來說，這種巨蟒通常也都是極為危險的。而在英國，已將近有四百年沒出現目睹 Basilisk 的紀錄了。

那你就錯了

✣ Billywig ✣

M.O.M. 分級：XXX

Billywig（旋舞針）是澳洲土產的一種昆蟲。身長大約半吋，雖然外表是鮮艷的藍寶石色，但由於牠速度極快，因此很少被麻瓜察覺到，甚至連巫師常常也會加以忽略，一直要等到他們被螫了為止。Billywig 的翅膀是長在頭頂上，會做快速的旋轉，因此當牠飛起來時，整個身子會不

停地打轉。牠身子的尾端是一根細細長長的刺。若是被旋舞針給螫了，人會頭暈眼花，跟著整個人都飄浮起來。許多世代以來，澳洲的年輕女巫、巫師們都喜歡跑去抓Billywig，故意讓牠來螫自己，以享受這種副作用，但若是被螫得過量，患者可能會失去控制，飄在半空中好幾天，而若是起了嚴重的過敏反應，更有可能會永遠飄浮著。

晒乾的 Billywig 常被拿來做成各種藥材，而一般相信，市面上極為暢銷的一種甜食嘶嘶咻咻蜂，裏頭也含有 Billywig 的成份。

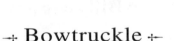

那我以後才不要吃呢

⊰ Bowtruckle ⊱

M.O.M. 分級：XX

Bowtruckle（木精）是一種守護樹木的動物，主要是出沒在英格蘭西部、德國南部，以及斯堪地那維亞的一些森林裏。一般很難發現牠，因為牠太不起眼了，體型小不說（最高不超過八吋），全身又是由木皮樹枝構成的，眼

睛也只是小小褐色的兩顆。

Bowtruckle 吃的是昆蟲，生性平和，極為害羞。然而，若是牠所居住的樹木遭受到了威脅，據了解，牠會對那些打算破壞牠家園的人出擊，撲到那些伐木工人或是樹木醫生的身上，用牠那又長又尖的手指，把對方眼睛挖出來。若是有女巫、巫師想要鋸木頭做魔杖的話，抓些牠喜歡的樹蝨來，就可以把 Bowtruckle 打發掉了。

⚜ Bundimun ⚜

M.O.M. 分級：XXX

Bundimun（綠黴怪）全世界到處都有。牠們懂得爬到地板底下，或是壁腳板的後頭，到最後就佈滿整間屋子。綠黴怪所到之處，通常會發出一股腐敗的臭味。綠黴怪會分泌出一種毒液，將牠居住的那棟屋子地基整個腐蝕掉。

Bundimun 靜止不動時，牠看起來就像一攤長眼睛的綠色黴菌，但若遭受驚嚇，便會立刻動起牠那許多隻細長小腳逃逸無蹤，吃灰塵維生。房子若是長滿 Bundimun，可以用沖刷咒來清除，但若是讓牠們長得太大了，就必須儘快請奇獸管控部（害獸小組）來處理，以免房子倒塌。稀釋過的綠黴怪毒液可以用來調配一些魔法清潔液。

⇥ Centaur ⇤

M.O.M. 分級：**XXXX**（註5）

Centaur（人馬）有著人類的頭顱、軀幹及手臂，下頭則連著馬身；下半身的顏色則個個不同。

牠們極為聰明並能以語言交談，其實不該被當成野獸，只不過這是出於牠們的要求，因此魔法部便照此歸類（參照本書導論部分）。

Centaur居住於森林。一般認為，牠們的起源地是在希臘，不過現在歐洲許多地方都有Centaur散佈。凡是牠們出沒的國家，該國魔法當局都特別規劃了保留區，確保牠們在那兒不會被麻瓜所侵擾；然而牠們卻不怎麼需要巫師的保護，因為牠們懂得該如何躲避人類。

Centaur的習性，對人類來說是個謎團。牠們不僅不信任麻瓜，連對於巫師也同樣沒有好感，似乎兩者對牠們來說都沒什麼分別。牠們過的是群體生活，一群十至五十匹不等。牠們素來精通魔法治療、占卜、射箭以及星相學。

【註5】：人馬被分為第四級，並不是因為牠具威脅性，而是出於對牠的尊重。人魚與獨角獸的分級也是一樣。

⇀ Chimaera ⇀

M.O.M. 分級：XXXXX

Chimaera（獅面龍尾羊）是希臘一種極為罕見的怪物，長著獅頭、羊身、龍尾。牠們性情殘暴兇狠，非常的危險。自古到現在，總共只有一件成功誅殺的案例，但是那位不幸的巫師隨後便因為力竭，自他的天馬（參照第八十五頁）坐騎上頭摔了下來，當場斃命。Chimaera 的蛋被歸類為一級禁售品。

那搞不好海格現在己經弄來一顆了

⇀ Chizpurfle ⇀

M.O.M. 分級：XX

Chizpurfle（吞魔蟲）是種很小的寄生蟲，最高不超過二十分之一吋，外表長得像螃蟹，長著很大的獠牙。牠們會被魔法吸引而來，會寄生在 Crup（叉尾犬）、Augurey（報喪鴉）這類的動物身上，佈滿牠們的毛皮或羽毛。牠們也會進到巫師家中，找魔法物品下手，比方像魔杖。牠們會不斷地啃蝕，一直深入到當中的魔法核心。或者牠們會跑到未清乾淨的大釜裏頭，在那兒盡情享用任何殘留的魔藥（註6）。雖然說只要使用市面上任何一種專利殺蟲

劑，就可以很容易地將 Chizpurfle 除去，但若情況嚴重時，仍需請奇獸管控部的『害獸小組』前來處理，因爲假使 Chizpurfle 吃下太多魔法物質，將會變得非常難以對付。

ⵙ Clabbert ⵙ

M.O.M. 分級：XX

Clabbert（猴蛙）棲息在樹上，外表像是猴子與青蛙的混合體。牠的起源地是在美國的南部州郡，不過後來便出口到了世界各地。

牠的皮膚光滑無毛，呈斑駁的綠色，手掌腳掌都長蹼，手腳既長且靈巧，因此猴蛙能像長臂猿一樣，靈活地在樹叢間擺蕩。牠頭上長著短角，嘴闊，彷彿是在咧嘴笑著，一口牙尖銳鋒利。猴蛙通常以捕食小蜥蜴及小鳥維生。

Clabbert 最明顯的特徵，就是牠額頭上的大膿皰，一

【註6】：若是找不到魔法物品，Chizpurfle (吞魔蟲)就會進到電器用品裏頭破壞（若想更進一步地了解何謂電器用品，請參閱威漢・維格錫所著的《英國麻瓜家居生活與社會風俗》，小紅書出版社，一九八七年）。近來麻瓜有許多新的電器工藝品離奇故障，均爲 Chizpurfle 肆虐所害。

感應到危險，就會變成鮮紅色，閃爍著。美國巫師一度曾將Clabbert養在院子裏，以便有麻瓜接近時，能及早警戒，但是國際巫師聯盟後來卻頒布了巨額的罰款，杜絕了這種風氣。天黑後，樹上若佈滿了Clabbert閃閃發亮的膿疱，雖然說是不錯的裝飾，卻會引來太多麻瓜問東問西，想搞清楚為什麼都已經六月了，他們鄰居還讓聖誕樹的燈亮著。

⊹ Crup ⊹

M.O.M. 分級：XXX

Crup（叉尾犬）的起源地是英格蘭的東南部。牠的外表與傑克羅素獵犬極為相似，只除了尾巴是分叉的。Crup幾乎可以確定是以巫術創造出的狗，因為牠對巫師忠心耿耿，對麻瓜卻兇狠無比。牠是個很棒的清道夫，從地精到廢輪胎，幾乎什麼都吃。

Crup的執照可以向奇獸管控部申請，只需要通過一項簡單測試即可，證明申請者有能力在麻瓜居住區控制住叉尾犬。Crup的飼主，在狗養到六週至八週大時，依法必須用一種無痛的切除咒，將狗的尾巴去掉，以免麻瓜注意到。

⊹ Demiguise ⊹

M.O.M. 分級：XXXX

Demiguise（幻影猿）的產地在東方，不過很難發現牠的蹤跡，原因是當牠受到威脅時會隱身不見，只有懂得如何捕捉牠的巫師，才看得見牠。

Demiguise 生性平和，為草食性動物，外表像是隻高雅的猿猴，長著對憂傷的黑色大眼，通常是遮在牠的長毛底下。牠全身都長著細緻漂亮的銀色長毛，而且毛皮極為貴重，因為牠的毛可以拿來縫製隱形斗篷。

⊹ Diricawl ⊹

M.O.M. 分級：XX

Diricawl（謎蹤鳥）產於茅利休斯島。這種鳥體型圓胖、羽毛蓬鬆、不會飛，但牠逃脫困境的本事卻極為著名。牠可以突然消失，只留下幾支羽毛飄在半空中，隨後再從別處出現（鳳凰也有這種能力；參照第七十一頁）。

有意思的是，麻瓜曾經曉得有 Diricawl 的存在，只不過他們管牠叫『多多鳥』。麻瓜並不曉得牠們有能力任意消失，還以為他們已經把牠獵到絕種。這似乎有助於麻瓜

了解，不應該隨意殺害像他們一樣的普通動物；而既然如此，國際巫師聯盟便認爲，沒有必要讓麻瓜曉得謎蹤鳥其實還存在這世上。

⊹ Doxy ⊹

（又名 Biting Fairy 咬人仙）

M.O.M. 分級：XXX

Doxy（黑妖精）常被誤認成小仙子（參照第五十頁），但是兩個卻是完全不同的品種。像仙子一樣，牠也有著極爲迷你的人類外形，只不過 Doxy 全身長滿了黑色硬毛，手腳各多了一對。黑妖精的翅膀既厚又彎曲，並且閃閃發亮，跟甲蟲的很像。Doxy 在北歐及美洲都有出現，偏好寒冷的氣候。牠們每次產蛋的數目都高達五百顆，接著會將蛋埋起來。這些蛋孵育的時間大約是兩週到三週。

Doxy 有著兩排銳利的毒牙。若是被牠咬了，必須要抹解藥。

✤ Dragon ✤

M.O.M. 分級：XXXXX

在所有魔法怪獸當中，最爲知名的大概要算是 Dragon（龍）了，而牠也是最難隱藏的幾種怪獸之一。通常母的體型要比公的大，性情也比較兇猛，不過不管是公是母，都只有功力高超且受過嚴格訓練的巫師才能接近。龍皮、龍血、龍心、龍肝、龍角，都具有極強的魔力，但是龍蛋卻屬於一級禁售品。

Dragon 共分成十種，雖然有時牠們也會跨種交配，產下罕見的雜種。以下介紹純種的 Dragon：

Antipodean Opaleye

Antipodean Opaleye（紐澳彩眼龍）原先是紐西蘭所產，只是後來因爲老家地方不夠大，遷移到了澳洲去。牠住在山谷裏，而不是山上，這對龍來說是頗不尋常的。牠的體型算是中等（約莫兩、三噸重）。

在所有的龍當中，牠可能算是最漂亮的，有著珍珠色的鱗片，會隨著光線閃出彩色的光暈；眼睛則是五彩閃爍，沒有瞳仁，而這也是牠命名的由來。牠噴的火是極爲豔麗的鮮紅，不過就龍的標準來說，牠不算非常兇猛，除

非是餓了，否則不輕易開殺戒。牠最喜歡的食物是綿羊，不過也曾經攻擊過較大的獵物。

七〇年代晚期曾爆發過好一陣的袋鼠屠殺事件，經調查證明是一隻公的 Antipodean Opaleye 所幹的，原因是，在牠家鄉稱霸的一隻母龍將牠趕了出來。牠的蛋是淺灰色，有時會被不知情的麻瓜誤認是化石。

Chinese Fireball

Chinese Fireball（中國火球龍，又名 Liondragon 獅龍）是東方唯一所產的龍，外貌極為駭人。牠的鱗片是猩紅色，極為光滑，鼻子短而扁平，下顎邊長了圈金色硬穗，兩眼暴凸。

Chinese Fireball 這名字是因牠吐火的方式而來的；當牠生氣時，會從鼻孔噴出蕈狀的火燄。噸位約兩到四噸重，母的體型比公的大。龍蛋是深紅底帶金點，蛋殼在中國巫術裏極為貴重。

Chinese Fireball 性情兇猛，但跟其他的龍比起來，對牠同種的龍顯得友善多了，有時甚至會同意其他 Chinese Fireball 跑來分享牠的勢力範圍，最多容忍到兩隻。牠們大部分的哺乳類都吃，不過最喜歡的還是豬跟人類。

Common Welsh Green

Common Welsh Green（威爾士綠龍）的外觀與牠家鄉蒼翠的草地極爲調和，不過牠卻是棲息在較高的山區，那兒有一片特別設置的保留區。

儘管發生過伊法寇事件（參照導論），這個品種仍舊算是較不惹麻煩的一種龍。牠跟彩眼龍一樣，喜歡獵食綿羊，並且會主動地避開人類，除非牠被激怒了。

Common Welsh Green 的吼聲極爲容易辨認，並且出奇地悅耳。牠噴的火是一絲絲的細燄。牠的蛋是泥褐底帶綠斑。

Hebridean Black

Hebridean Black（布里底黑龍）是英國土產的另一種龍，比起牠的威爾士兄弟，要算是兇猛許多。每一隻龍都需要大到一百平方哩的勢力範圍。

牠的體長長達三十呎，鱗片粗硬，眼睛是亮紫色，背上長著一排雖薄但極銳利的骨板。牠的尾巴底端長著個箭矢形的硬塊，有著蝙蝠狀的翅膀。

Hebridean Black 主要是獵鹿來吃，但有時也會抓大隻

的狗，甚至是牲畜。麥克法斯提巫師家族，數百年來均居於布里底群島；照料當地這群龍的工作，一向是由他們負責。

Hungarian Horntail

Hungarian Horntail（匈牙利角尾龍）可能是所有的龍當中，最危險的一種。 ← 真的很開玩笑的

匈牙利角尾龍的鱗片是黑色的，外表跟蜥蜴很相似。牠有著黃色的眼、頭上的角是古銅色，而那條長尾上另外還長著一排小角，也是類似的顏色。

Hungarian Horntail 有著最遠的噴火範圍（長達五十呎）。牠的蛋是水泥色的，蛋殼特別地硬；幼龍孵化時，是以牠們的尾巴將蛋敲破後，再爬出來的；牠們尾巴上的那排小角，是自出生時就長好了的。牠們除了獵食山羊、綿羊之外，只要逮著機會，就獵捕人來吃。

~~Norwegian Ridgeback~~ 蘿蔔寶寶

Norwegian Ridgeback（挪威脊背龍）大部分的特徵都與匈牙利角尾龍極為相似，只是牠的尾巴上沒有角，反而是背上長著排非常搶眼的深黑色骨板。由於牠對同類出奇

地兇猛，Norwegian Ridgeback 現在已經比其他的龍來得稀少。牠除了會攻擊大部分的大型陸地哺乳類之外，還會獵捕水生動物，這在龍來說是極為少見的。據未經證實的報導指出，一八○二年時，曾有隻 Norwegian Ridgeback 於挪威海域獵走一隻幼小鯨魚。牠的蛋是黑色的，幼龍要比其他種的龍更早開始噴火（約一到三個月大時）。

Peruvian Vipertooth

這是所有的龍當中體型最小，飛行速度也最快的一種。Peruvian Vipertooth（秘魯毒牙龍）的體長只有十五呎，鱗片光滑，紅棕色，背上有著一排排的黑色突起。牠的角很短，獠牙的毒性特別猛。牠若看到山羊與牛，是一定不會放過，但尤其喜歡吃人；牠是如此嗜吃人類，數量又於十九世紀末期暴增到可怕的程度，逼得國際巫師聯盟得派遣專人前去撲殺牠們，以控制數目。

Romanian Longhorn

Romanian Longhorn（羅馬尼亞長角龍）有著墨綠色的鱗片，以及閃閃發亮的金色長角；牠在噴火烤牠的獵物之前，總會先用這對角把對方刺穿。牠的角磨成粉之後，

是很名貴的藥材。 Romanian Longhorn 的家鄉，現在已成了世界上最重要的龍群保護區。那兒有各國的巫師，針對著各種不同的龍做近距離觀察。

Romanian Longhorn 的角屬於二級管制商品；近年來，由於它們變得極爲搶手，導致長角龍的數量暴跌；針對這個現象，魔法世界已推動了一項特別的育種計畫。

Swedish Short-Snout

Swedish Short-Snout（瑞典短吻龍）銀藍色的外觀極爲亮眼；商人們因此搶著買牠的皮來做防禦手套及盾牌。牠鼻頭噴出來的火燄是藍色的，不管是木材或骨頭，都不消幾秒鐘便化爲灰燼。跟其他的龍相較之下，牠們殺人的紀錄並不多，不過這並不是因爲牠比較仁慈，而是因爲牠喜歡住在人煙稀少的荒山野外。

Ukrainian Ironbelly

Ukrainian Ironbelly（烏克蘭鐵腹龍）是所有的龍當中體型最大的，重達六噸。雖說身材臃腫，飛行速度又比不上毒牙龍或長角龍，牠仍是極端危險的，能夠將整棟建築物踩扁。牠的鱗片是鐵灰色，眼睛是深紅色，而牠的爪子

則是特別長，殺傷力驚人。自從有隻 Ukrainian Ironbelly 於一七九九年在黑海抓走一艘帆船（幸虧上頭沒人）之後，烏克蘭的魔法當局便一直對牠們的行蹤保持密切監控。

⚜ Dugbog ⚜

M.O.M. 分級：XXX

Dugbog（泥怪）是分布在歐洲及南、北美洲的一種沼澤地動物。靜止不動時，牠看起來不過是一截木頭，但若靠近點觀察，牠便會露出長鰭的爪子，以及銳利的牙齒。

牠平日在沼澤地滑行出沒，主要以獵捕小型哺乳類維生，而若是有人類經過，腳踝將會遭受嚴重的抓傷。然而，Dugbog 最喜歡的食物，卻是魔蘋果。

魔蘋果的種植者常常在挖出他們辛苦耕種的作物時赫然發現，莖葉下頭只剩血肉模糊的一團，因為它們早就被 Dugbog 給盯上了。

⚜ Erkling ⚜

M.O.M. 分級：XXXX

Erkling（食童怪）是一種貌似小矮人的動物，產於德國黑森林。牠體型比地精大（一般是三呎高），長得尖嘴

猴腮，會發出尖銳的怪叫聲，特別吸引兒童；而牠就利用這種手法，將小孩從大人身旁騙開，把他們吃掉。然而，多虧了德國魔法部的嚴密監控，過去幾世紀以來，Erkling的殺戮案件已急遽地減少。

在已知的Erkling攻擊事件當中，最近的一次是對一名六歲小巫師布魯諾·史密特的攻擊，結果死的卻是Erkling。當時史密特小朋友抄起他父親的可拆式大斧，狠狠地敲了牠的腦袋。

⚜ Erumpent ⚜

M.O.M. 分級：XXXX

Erumpent（爆角怪）是一種大型的灰色非洲野獸，威力驚人。牠體重上噸，遠看有時會錯認為犀牛。牠的厚皮能抵擋大部分的法術跟咒語，在鼻子上長了一隻又大又利的角，尾巴則像條細長的繩索。Erumpent在每胎都只產一隻。

除非被逼急了，Erumpent通常不會主動攻擊，但要是真把牠給惹毛了，那後果可就不堪設想了。牠的角不只是能傷血肉之軀，連金屬都能刺穿，而角上還帶有一種致命的液體。任何東西給注入這液體之後，都會爆炸。

Erumpent 的數量不多，原因是雄獸常會在求偶季節將彼此給炸死。非洲巫師們總是很小心地對待牠們。Erumpent 的角、尾巴以及爆炸液，都可做為藥材，不過卻被列為二級管制商品（表示具危險性，需嚴格管制）。

⤙ Fairy ⤚

M.O.M. 分級：XX

Fairy（小仙子）是種體型極小，可用來裝飾用的動物。牠們智力極低（註7）。巫師們通常會差遣、或是商請牠們，來做裝飾用。

牠們通常住在森林或是林間的空地裏。Fairy 的身高自一吋到五吋不等，有著迷你的人形身軀、頭顱以及四肢，但背上卻長著像昆蟲一樣的大翅膀；翅膀的顏色，有分透明或是五彩不同的種類。

Fairy 掌控著極弱的魔力，用來擊退獵捕者，比方像

【註7】：麻瓜對小仙子很有好感，常在他們的童話故事中提到牠們。這些『小仙子的傳說』總是提到一群長著翅膀的高等生物，具有人性，還能夠說人話（雖然這些故事實在是都噁心得讓人受不了）。在麻瓜眼中，小仙子是住在用花瓣、挖空了的野草，或是類似材質所搭建的屋子裏。牠們通常會被描述成手持魔杖。在所有的魔法動物中，小仙子可能是最受到麻瓜所青睞的。

Augurey（報喪鴉）。牠們非常愛爭吵，但由於極為自戀，只要碰上需要牠們點綴裝飾的場合，都會非常聽話。雖說外貌與人類相似，牠們卻不會說話。牠們是以高音調的嗡嗡聲與同伴溝通。

Fairy 每胎最多產到五十個蛋，產蛋的地點是在樹葉的背面。這些蛋會孵出顏色鮮艷的幼蟲。到了五到十天大時，幼蟲會結繭。過了一個月之後，破繭而出的，便是發育成熟、長了翅膀的 Fairy。

⊹ Fire Crab ⊹

M.O.M. 分級：**XXX**

雖然名字叫螃蟹，Fire Crab（火螃蟹）其實長得像隻背殼上鑲有許多寶石的大烏龜。

牠是斐濟的特產。當地特別圍了一段海岸做為牠的保護區，不只是怕會有麻瓜受到牠那貴重甲殼的誘惑，前來下手，還防範一些不肖的巫師，這些人喜歡用牠的甲殼來做名貴的大釜。

然而，Fire Crab 並不是毫無反擊能力的：受到攻擊時，牠會從身體尾端噴出火燄。有商人們將牠們，當做寵物賣，但是需要有特別的執照才能擁有牠。

✢ Flobberworm ✢

M.O.M. 分級：X

Flobberworm（黏巴蟲）住在陰濕的溝渠內。牠是一種肥大的棕色蠕蟲，體長達十吋，動作十分遲鈍。牠並沒有頭尾之分，兩端都會分泌出一種黏液，這也是牠名字的由來，而這些黏液有時會用來勾芡魔藥。牠們最喜歡吃萵苣，不過其他各種蔬菜牠幾乎也都吃。

✢ Fwooper ✢

M.O.M. 分級：XXX

Fwooper（彩鳴鳥）是非洲所產的鳥，有著極為鮮艷的羽毛，分別是為橘色、粉紅色、酸橙綠，以及黃色。牠們一向提供人們奇豔的羽毛筆，產的蛋也有著非常漂亮的花紋。

雖然 Fwooper 唱的歌乍聽之下很悅耳，但聽久了人卻是會瘋掉的（註8），而因此 Fwooper 在出售時都已施了

【註8】：怪胎鳥瑞克有一次曾嘗試要證明，Fwooper 的歌其實對人是有益身心的，於是便連續聽牠唱了三個月。不幸的是，巫師評議會並未採信他的報告，因為當他抵達會場時，除了頭上一頂假髮外，全身根本是赤裸的。而近看之下，更發現那並不是什麼假髮，而是一隻死獾。

安靜咒，而買回家後，每個月都得再重施一次。Fwooper 需要有執照才能養，因為牠的主人有責任處理牠的叫聲。

✦ Ghoul ✦

M.O.M. 分級：XX

Ghoul（惡鬼）雖然長得醜，卻不具什麼危險性。牠外表像是個黏呼呼、長著大門牙的食人魔，通常是住在巫師家的閣樓或穀倉裏，在那兒找蜘蛛跟蛾來吃。牠喜歡哀叫，偶爾會亂摔東西，但基本上頭腦簡單，最多就是對不小心踩到牠身上的人低吼警告一下。奇獸管控部底下設有一個『惡鬼小隊』，專門在巫師房子轉讓到麻瓜手中時出面，清除該處的 Ghoul，不過在魔法家庭中，牠經常是家人的談話題材，甚至被當做家裏的寵物。

✦ Glumbumble ✦

M.O.M. 分級：XXX

Glumbumble（哭蜜蟲，產於北歐）是種灰色、毛絨絨的飛蟲，會分泌一種糖蜜。這種糖蜜會引出人的憂鬱，而

若是有人吃了艾利霍茲的葉子而發狂的話，可以用它做為解藥。這種蟲會侵襲蜂巢，搞壞蜜蜂的蜂蜜。 Glumbumble 都是選黑暗隱蔽處築巢，比方像空心的樹，或是洞穴裏。牠們吃蕁麻為生。

⊹ Gnome ⊹

M.O.M. 分級：XX

Gnome（地精）在北歐及北美各地極為普遍，是居家院子裏的一種害獸。牠可以長到一呎高，有著個不成比例的大頭，以及又硬又沒肉的腳。若想驅逐 Gnome 的話，只要把牠抓起來，用力甩個幾圈，甩到牠頭昏眼花，再扔出院子便行了。或者也可以使用 Jarvey（魔貂）來吃牠們，不過現在很多巫師們都認為，用這種手段來驅趕 Gnome 實在是太殘忍了。

⊹ Graphorn ⊹

M.O.M. 分級：XXXX

Graphorn（紫角獸）產於歐洲的山區。牠體型很大，灰紫色，背上長著個肉峰，頭上長了一對又長又尖的角，

腳很大，上頭有四隻腳趾，性情非常兇猛。

偶爾我們會看見山怪騎在 Graphorn 上，不過後者並不怎麼喜歡被馴養，因此我們反倒比較常見在山怪身上留下一堆疤痕。

Graphorn 的角磨成粉後，是用途極為廣泛的藥材，不過由於貨源稀少，價格極為高昂。Graphorn 的皮比龍皮還要堅韌，可以抵擋大部分的法術。

⚜ Griffin ⚜

M.O.M. 分級：XXXX

Griffin（鷹面獅身獸）原產於希臘，前腳跟腦袋都像隻巨大老鷹，而後腳跟身體卻像隻獅子。跟人面獅身獸一樣（參照第八十一頁），Griffin 常被巫師使喚來看守寶藏。雖然說牠很兇猛，還是有少數功力高強的巫師與牠們結為朋友。Griffin 吃的是生肉。

⚜ Grindylow ⚜

M.O.M. 分級：XX

Grindylow（滾帶落）是一種頭上長角、灰綠色的水中

怪物，出沒在英國及愛爾蘭的湖泊。牠平日吃小魚維生，不管對巫師或麻瓜都極不友善，不過人魚卻有本事馴服牠們。Grindylow 有著很長的手指，雖然說握力很強，但也很容易折斷。

✦ Hippocampus ✦

M.O.M. 分級：XXX

Hippocampus（馬魚）原產於希臘，前半身跟腦袋是馬，後半身跟尾巴則是條巨魚。雖然說這種動物通常是在地中海域出沒，一九四九年時，人魚卻曾在蘇格蘭的海邊捕到一條漂亮的藍皮雜毛馬魚，並且馴養了牠。牠們產的蛋很大、半透明，可以看見裏頭的馬蝌蚪。

✦ Hippogriff ✦

M.O.M. 分級：XXX

Hippogriff（鷹馬）原產於歐洲，不過現在已經遍布全世界。牠有著巨鷹的腦袋，以及馬的身子。牠是可以被馴服，<u>不過得由專家出手才行</u>。當接近一頭 Hippogriff 時，必須持續注視著牠的眼睛。鞠躬表示你沒有惡意。若是牠回了禮，就表示可以再靠近牠一些。

海格到底有沒有讀過這本書啊？

牠們喜歡挖昆蟲吃，不過也吃鳥類及小型哺乳類。到了育種時，會在地面上築窩，產下一個又大又脆弱的蛋。蛋在二十四小時內就會孵好。 Hippogriff 寶寶在出生一個星期內便有能力起飛，不過若是要隨同牠的父母做長途旅行，則必須等上數月才行。

⚜ Horklump ⚜

M.O.M. 分級：X

Horklump（毛菇精）來自斯堪地那維亞，不過現在則是遍布整個北歐。牠外形像是一朵肥厚的粉紅色蘑菇，上頭長了稀疏的黑色細毛。

Horklump 繁殖極快，不用幾天便會覆滿整座花園。牠並不像植物一樣長根，而是將一條條的細長觸手探入地表，找牠最喜歡的蚯蚓吃。 Horklump 是地精最愛吃的東西，除此之外，並不具備什麼顯著的用途。

⚜ Imp ⚜

M.O.M. 分級：XX

Imp（黑地仙）只有在英國及愛爾蘭出沒。人們有時會將牠跟綠仙搞混。牠們身高相仿（六吋到八吋），不過黑

地仙卻不像綠仙一樣會飛，顏色也沒那麼鮮豔（Imp 通常是深褐色或黑色）。然而，牠倒是同樣地喜歡胡打亂鬧。Imp 喜歡待在潮濕的沼澤地帶，通常在河邊出沒。牠們非常喜歡在那兒惡作劇，趁人不注意時，把他推進或絆進河裏。

Imp 平日找小蟲子吃，孵育習性跟小仙子很像，不過並不結繭；幼獸自破殼而出時便已整個成形，大約一吋高。

⊹ Jarvey ⊹

M.O.M. 分級：XXX

Jarvey（魔貂）產於英國、愛爾蘭及北美洲。牠其實就像是隻發育過盛的雪貂，只不過會講話而已。但魔貂的智力其實並不足以做真正的交談，而只會一天到晚叫些簡短（而且通常是很粗魯）的句子。Jarvey 主要都住在地底下，在那兒獵捕地精，不過牠們也吃鼴鼠、老鼠與田鼠。

⊹ Jobberknoll ⊹

M.O.M. 分級：XX

Jobberknoll（啞鳥，產於北歐與美洲）是一種很小的

鳥，藍底帶斑，平常吃小蟲子。牠一輩子都不會發出任何聲音，一直到臨死之際，才會發出一聲長叫，這一聲是將牠一生當中所聽過的所有聲音，一口氣逆著順序叫出來。Jobberknoll 的羽毛可以用來調配『老實血清』以及『記憶魔藥』。

⁃ Kappa ⁃

M.O.M. 分級：XXXX

Kappa（河童）是日本的一種水中怪物，住在淺的池塘或是河裏。人們經常說牠長得像隻猴子，不過身上覆蓋的不是毛髮，而是鱗片。牠頭部頂端是中空凹陷的，裏頭裝著水。

Kappa 吃的是人血，不過若是有人將名字刻在黃瓜上，再扔給牠，牠就不會去傷害那個人。若是跟 Kappa 對上時，巫師必須想辦法騙牠彎下腰——如此一來，牠腦袋上凹陷處盛的水就會流掉，精力也會隨之流失。

⁃ Kelpie ⁃

M.O.M. 分級：XXXX

Kelpie（水怪）這種英國及愛爾蘭所產的水中怪物會

幻化成許多不同模樣，不過大部分的時候都以馬的樣子出現，馬鬃部分則是以蘆葦替代。牠會騙人騎上牠的背，然後馬上沉進河底或是湖底，再將背上的人吃掉，內臟則任由它飄到水面。想要對付 Kelpie，必須用『安置咒』在牠頭上套上一具韁繩，這樣牠就會變得乖乖的，不會傷人。世界上最大的牠們出沒在蘇格蘭的尼斯湖。

牠最喜歡變成海蟒（參照第七十九頁）的模樣。當初國際巫師聯盟的觀測者以為尼斯湖真的出了海蟒，便前去偵察，結果發現要對付的其實是水怪，因為當一隊麻瓜探險隊出現時，這條海蟒突然變成了一隻水獺，等到麻瓜離開之後，牠才又變回海蟒的樣子。

⚜ Knarl ⚜

M.O.M. 分級：XXX

Knarl（魔刺蝟，產於北歐與美洲）通常會被麻瓜當成普通的刺蝟。

這兩個品種確實也不容易分辨，只除了有一個很重要的習性是不同：如果說在院子裏留食物給普通刺蝟吃的

話，牠會很高興地大快朵頤；而如果是 Knarl 的話，牠卻會認爲這是屋主設下的圈套，而因此把這家院子裏的花草或裝飾品整個搗毀。許多麻瓜小孩都因此被責罵，認爲是他們幹的好事，其實眞兇都是 Knarl。

⊹ Kneazle ⊹

M.O.M. 分級：XXX

Kneazle（獅尾貓）原產於英國，不過現在已遍布全世界。這種動物外表跟普通貓類似，體型很小，毛皮上有著片狀、塊狀或是點狀的花紋，耳朵極大，尾巴則跟獅子的一樣。

Kneazle 很聰明、生性獨立，有時會變得很兇猛，不過若是牠對哪個女巫或巫師有好感的話，牠會是隻很棒的寵物。牠有著不可思議的能力，能夠偵查出壞人或是可疑的人物，因此若是主人迷路了，可以倚靠牠帶自己回家。Kneazle 每胎可產到八隻小貓，並且可以跟普通貓混雜交配。要想飼養牠，必須申請執照（跟 Crup 〔叉尾犬〕、Fwooper 〔彩鳴鳥〕一樣），因爲 Kneazle 的外表太醒目了，會招致麻瓜的目光。

⊸ Leprechaun ⊹

（又名 Clauricorn 聚寶精）

M.O.M. 分級：XXX

Leprechaun（矮妖）比小仙子聰明，而又不像黑地仙、綠仙或 Doxy（黑妖精）那麼壞，不過牠們仍舊很淘氣。牠們只出沒在愛爾蘭，身高六吋，全身綠色。牠們會用樹葉來做簡單的衣服穿。

在所有的『小矮人』當中，Leprechaun 是唯一會講話的，不過牠們從未要求被列為『靈性生物』。矮妖在很年輕時便產子，大部分都住在森林及林地區域，不過牠們很喜歡吸引麻瓜的注意力，也因此在麻瓜的兒童文學中份量幾乎跟小仙子一樣重。牠會變出一種很像金子的物體，不過只存在幾小時便會消失，而牠們總是覺得這把戲很有意思。Leprechaun 吃的是樹葉，雖然說常調皮搗蛋，卻從來不曾對人類做過什麼嚴重的壞事。

有意思個鬼 R.W.

⊸ Lethifold ⊹

（又名 Living Shroud 活壽衣）

M.O.M. 分級：XXXXX

Lethifold（吸魂衣）只在熱帶氣候地區出沒，這對世

人來說眞是一大幸事。牠外貌酷似一件黑色斗篷，大約有半吋厚（若是剛殺過人，消化完畢之後，還會變得更厚），在夜晚時沿著地面滑行。目前世上關於 Lethifold 的最早記載，是由巫師弗拉維斯・貝比留下來的。他於一七八二年到巴布亞新幾內亞度假時，遭到了 Lethifold 的襲擊，很幸運生還了下來。

　　將近到了夜裏一點，我才終於有了睡意。這時卻突然聽見旁邊有窸窸窣窣的聲音。我心想，那不過是外頭樹葉的摩擦聲罷了，在床上翻了個身，背對著窗戶，卻看見臥房門底下滑進了一團無形的黑影。我一動也不動，整個人已昏昏欲睡，卻仍勉力思索著，房裏明明只有月光，這黑影到底打哪兒來的？顯然由於我靜止不動，Lethifold 便認爲我已入睡，可以輕鬆下手。

　　黑影開始爬上了我的床，把我嚇得要死。我可以感覺到牠那輕飄飄的身子壓到了我身上。牠看起來就像是件起了波浪的黑斗篷，滑上了我的床，邊緣還在那兒擺呀擺的。我嚇得動彈不得，感覺到牠碰上了我的下巴，觸感黏濕。我一下子坐直起身。

那東西打算把我悶死，硬是蓋上了我的臉，堵死我的嘴巴鼻子，但我仍舊拚死掙扎，一邊感覺到全身已經爲牠那股冰冷所包住。

　　在沒辦法出聲呼救的情況下，我到處摸索著我的魔杖。那東西把我整個臉都包死了，而由於無法呼吸的緣故，我已經開始感到暈眩了。於是我集中心智，使出了『失神咒』，接著又——因爲那根本無法擊退牠，反倒把我臥房門炸了個大洞——使出了『撕身咒』，但還是一點用也沒有。我仍舊瘋狂地掙扎著，滾著滾著，摔到了地上，現在已經全身都讓Lethifold給包住了。

　　我曉得再這樣悶下去，自己遲早會完全失去意識。於是拚命集中了全身最後一絲力氣，將魔杖伸得遠遠的，指向包住自己的那個怪物，拚命回想著當初我選上地方多多石俱樂部會長的情形，使出了『護法咒』。

　　我幾乎是立刻感覺到新鮮空氣撲到了臉上。我抬起頭，看見那團致命的黑影已經被我的護法咒驅到了半空中。牠從房間當中飛過，一溜煙就失去了蹤影。

正如同貝比在最後的高潮中所揭露的，護法咒是唯一已知能夠擊退 Lethifold 的法術。然而，由於牠往往是挑睡夢中的對象下手，被害人很少有機會施任何法來反擊。一等到牠的獵物窒息之後，Lethifold 便當場在床上將食物消化掉。當牠離開屋子時，身型變得比原來厚重了些，卻不會在現場留下任何蹤跡，不管是牠自己或是被害者的痕跡都不留（註9）。

⁍ Lobalug ⁌

M.O.M. 分級：XXX

　　Lobalug（水筆妖）的出沒地是在北海底。牠是一種構造簡單的生物，十吋長，有一個極有彈性的噴嘴，以及毒囊。

【註9】：Lethifold（吸魂衣）到底害過多少人，根本無從考證，因為牠永遠不會留下任何線索。倒是究竟有多少巫師是為了一己私利，假裝被 Lethifold 殺害的，反而比較好算。最近的一件案例是在一九七三年，巫師雅納斯·席奇離奇失蹤，只在床邊桌子上留了張潦草的字條，上頭寫著『不好了有 Lethifold 包住我不能呼吸了』。看見空蕩蕩的床上一點血跡也沒有，他的妻小於是相信雅納斯確實是已遇害，便開始為他守喪，沒想到卻突然有人發現，雅納斯人就在不到五哩遠的地方，跟綠龍莊的女主人同居著。

當受到威脅時，Lobalug 會收縮牠的毒囊，對牠的攻擊者噴毒。人魚便是使用 Lobalug 做武器，而也有巫師抽取牠的毒來調配魔藥，不過這項行為是遭到嚴令禁止的。

⚜ Mackled Malaclaw ⚜

M.O.M. 分級：XXX

Mackled Malaclaw（霉蝦）是一種陸生動物，主要是在歐洲沿海的石岸地帶出沒。儘管牠外表與龍蝦酷似，卻絕對不能拿來吃，因為牠的肉是不適合人類食用，吃了會發高燒，長出很醜的綠色疹子。

Mackled Malaclaw 長達十二吋，淺灰色的皮膚上帶有墨綠色的斑點。

牠吃小型的甲殼動物，但有時也會嘗試找大一點的獵物下手。被 Mackled Malaclaw 咬過的人，會沾上一身霉氣，長達一個星期之久。因此，若你被 Mackled Malaclaw 咬了，所有的賭注、賭局以及任何帶有風險的活動，統統都要取消掉，因為你是穩輸不贏。

⚜ Manticore ⚜

M.O.M. 分級：XXXXX

Manticore（人面蠍尾獅）是一種極為危險的希臘怪物，長著人頭、獅身、蠍尾。

牠跟獅面龍尾羊一樣的危險，也一樣的稀有。牠在吞噬獵物時，喜歡一邊哼哼唱唱著。Manticore 的皮能抵擋幾乎所有已知的咒語，而若是被牠刺到了，絕對當場死亡。

⇥ Merpeople ⇤

（又名 Sirens 海妖、Selkies 海精、Merrows 水妖）

M.O.M. 分級：XXXX（註10）

Merpeople（人魚）全世界到處都有，不過牠們的外型幾乎像是人類一樣，千奇百怪都有。牠們的習性及風俗對我們來說都是個謎，就跟人馬的情形一樣，不過有些精通 Merpeople 話的巫師曾提過，牠們的社會極有組織，群居數目的多寡則要視居住地而定，而有些住的地方甚至建得美輪美奐。就像人馬，Merpeople 當初也推辭了『靈性生物』的頭銜，寧可選擇被歸類成『怪獸』（參照導論）。

史上最早記載的 Merpeople 是被稱為海妖（在希臘），

【註10】：參照人馬的分級註釋。

而麻瓜文學繪畫中時常出現的所謂美人魚，也在較溫暖的海域出沒。蘇格蘭的海精及愛爾蘭的水妖，則沒那麼美麗，不過牠們對音樂的熱愛，則是跟所有 Merpeople 一樣。醜斃了

⊹ Moke ⊹

M.O.M. 分級：XXX

Moke（伸縮蜥）是一種銀綠色的蜥蜴，身長十呎，遍布英國及愛爾蘭。牠可以任意縮小，因此從來沒被麻瓜發現過。伸縮蜥的皮，對巫師來說是極為貴重的，因為可以用來做特別的錢袋、錢包；一旦有生人碰到了，這種覆滿鱗片的皮就會收縮起來，就像原來皮的主人一樣。因此 Moke 皮錢袋是非常不容易讓竊賊們找到的。

⊹ Mooncalf ⊹

M.O.M. 分級：XX

Mooncalf（拜月獸）是生性極為害羞的一種動物，只有滿月時，才會跑出牠的窩。牠的身體光滑，呈灰白色，頭頂上長著暴凸出來的眼睛，四條腿又細又長，扁平的腳掌大得嚇人。Mooncalf 會挑四下無人之地，在月光下用牠的後腿跳一種複雜的舞。據調查，這應該是求偶前的儀

式（並且會在麥田裏留下細膩的幾何圖形，讓麻瓜們摸不著頭腦）。

若是有機會看 Mooncalf 在月光下起舞，那將會是個迷人的經驗，並且還有利可圖，因為只要在日出之前，把牠們銀色的糞便收集起來，澆到魔法藥草或花床上頭，這些植物就會生長得特別快，而且也會變得格外地堅韌。Mooncalf 在全世界都有分布。

⊹ Murtlap ⊹

M.O.M. 分級：XXX

Murtlap（海葵鼠）的外表像老鼠，分布在英國的海岸地帶。牠背上長了個像海葵一樣的瘤。要是把這瘤摘下吃了，便會增加對咒語法術的抵抗力，不過要是吃過量的話，會長出很醜的紫色耳毛。牠們吃的是甲殼動物，而誰要笨到敢踩牠的話，牠也會張嘴咬那人的腳。

⊹ Niffler ⊹

M.O.M. 分級：XXX

Niffler（玻璃獸）是英國所產的怪獸。牠的毛很蓬鬆，全身漆黑，鼻子很長。牠喜歡挖地洞，對於任何亮晶

晶的東西都很著迷。Niffler 通常被妖精用來挖深埋在地底下的寶藏。雖然說牠們生性溫和，甚至很有感情，主人的家當卻會被牠破壞光，因此絕不能養在屋子裏。Niffler 的窩深達地底下二十呎，每胎產六到八隻幼獸。

⁓ Nogtail ⁓

M.O.M. 分級：XXX

Nogtail（木尾豬）是一種精怪，分布範圍橫跨歐洲、俄國，以及美洲。牠們的外表像是長不大的小豬，腿很長、尾巴又短又粗，一對黑眼又細又窄。Nogtail 會混進豬圈裏，跟其他小豬搶母豬的奶吸。越晚發現 Nogtail，讓牠長得越大，農場便會變得越亂。

Nogtail 的動作出奇地敏捷，很難捉到，不過若是讓純白色的狗給趕出了農場，牠就再也不會回來。因此奇獸管控部（害獸小組）便養了十幾隻白子獵犬，以備不時之需。

⁓ Nundu ⁓

M.O.M. 分級：XXXXX

有人認為，Nundu（毒豹）這種東非的怪獸是世界上

最危險的動物。牠是一種獵豹，儘管體型巨碩，動作卻非常地輕巧，吐出的毒氣足以毀掉整個村落。要對付牠，少說也得出動上百個功力高強的巫師，通力合作才行。

⇥ Occamy ⇤

M.O.M. 分級：XXXX

Occamy（兩腳蛇）分布在東亞以及印度。牠身上長有羽毛、有翅膀、兩條腿，以及像蛇一樣的身軀，身長可達十五呎。牠主要獵食老鼠及鳥類，不過也曾抓過猴子。

Occamy 對任何接近的動物都極為兇猛，尤其是保護蛋時。Occamy 蛋的蛋殼是由最純、最軟的銀子構成的。

⇥ Phoenix ⇤

M.O.M. 分級：XXXX（註 11）

Phoenix（鳳凰）是一種外表華麗、天鵝大小的豔紅色鳥，有著金色的長尾、喙、爪子。牠在高山頂上築巢，出沒於埃及、印度及中國。

Phoenix 極為長壽，因為當牠身體開始衰老之時，牠會浴火重生，而新生後又像隻雛鳥一樣。牠生性極為溫和，從來就不會殺生，只進食藥草。跟 Diricawl（謎蹤鳥）

一樣（參照第四十頁），牠也能任意的消失出現。Phoenix 的歌聲具有魔力；能為純潔的心靈增添勇氣，對帶有邪念的心靈則使其喪膽。Phoenix 的眼淚有極強的治療能力。

⊹ Pixie ⊹

可是如果你是 吉德羅‧洛哈的話， 就是 ×××××××

M.O.M. 分級：XXX

Pixie（綠仙）主要分布在英格蘭的康瓦爾郡。牠們皮膚是電藍色，身高八吋，非常淘氣，喜歡想盡辦法捉弄人、惡作劇。雖然說沒有翅膀，牠卻會飛，並且會趁人不注意時，咬住對方的耳朵把他們提起來，丟到樹木或是屋子的頂端。牠們會以一種尖聲的嘈雜音調快速互相交談，內容只有牠們自己才聽得懂。牠們在很年輕時便生育。

⊹ Plimpy ⊹

M.O.M. 分級：XXX

Plimpy（長腿魚）是一種圓球狀的魚，身上有著雜色斑點，最顯著的特徵是牠長了兩隻長腿，掌上有蹼。牠住

【註11】：鳳凰被分為第四級，不是因為牠很兇猛，而是因為很少有巫師能馴服牠。

在深湖當中，在湖底到處爬，找尋食物，最喜歡吃的是水蝸牛。並不算特別危險，不過若是有人在湖裏游泳的話，腳跟衣服都會被牠咬。對人魚來說，牠是種害獸。人魚對付牠的方法是，把牠那有彈性的兩條腿打結；這樣一來，Plimpy 就會隨波逐流地漂走，一直到牠把腿解開之前都回不來，而這得花上牠們好幾個小時。

⊹ Pogrebin ⊹

M.O.M. 分級：XXX

Pogrebin（石鬼）是俄國的一種妖怪，不過是一呎高，身體多毛，卻有個光滑、大到不成比例的灰色腦袋。當牠蹲下時，Pogrebin 看起來就像是塊閃亮的大圓石。牠們對人類很著迷，喜歡跟蹤他們，躲在他們的影子裏，若是影子主人轉過身時，牠們就趕緊蹲下身。

若是被 Pogrebin 跟蹤上好幾個小時，那這個人就會產生一種倦怠感，最後會陷入昏昏欲睡的狀態，變得很沮喪。被害者最後會停止步伐並蹲下來，為這一切感到徒勞無功而啜泣。這時 Pogrebin 就會撲上去，試圖將他們吃

掉。要驅趕石鬼其實很容易，只要用些簡單的驅魔咒，或是用失神咒就行了。再不然，狠狠地踢牠們也很有效。

✛ Porlock ✛

M.O.M. 分級：XX

Porlock（醜馬伕）是一種馬的守護神，出沒在英格蘭的多賽郡，以及愛爾蘭南部。牠全身長滿了蓬鬆的毛，頭上頂著一大叢亂髮，有一個超級大鼻子。牠用兩條腿走路，是偶蹄動物。牠的手臂很小，有四根又粗又短的手指。成年醜馬伕大約是兩呎高，吃的是草。

Porlock 生性害羞，天生就會守護馬兒。牠們會窩在馬槽的稻草堆裏，或是躲在牠所保護的牲口當中。醜馬伕不信任人類，一旦有人出現，總是躲得遠遠的。

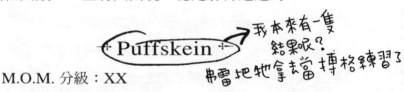

✛ Puffskein ✛

M.O.M. 分級：XX

Puffskein（胖胖球）遍布全世界。牠外表呈圓球狀，全身長滿蛋糊色的軟毛，生性極為溫順，不在意被人抱起來，或是拋著玩。牠很好照料，當心滿意足時，會發出一種低音的嗡嗡聲。

牠們每隔一陣子便會伸出那又細又長的粉紅舌頭，探遍整座屋子，尋找食物。牠是種腐食動物，從剩菜到蜘蛛，什麼都吃，但是牠最喜歡的，還是將舌頭伸進睡夢中巫師的鼻孔，將他們身上的惡靈吸掉。這種習性使得 Puffskein 受到了世世代代以來魔法世界兒童的寵愛，至今仍是極為普遍的魔法寵物。

⊰ Quintaped ⊱

（又名 Hairy MacBoon 長毛邁克布恩）

M.O.M. 分級：XXXXX

Quintaped（五足獸）是極為危險的一種肉食性怪獸，尤其嗜吃人類。牠身子蹲得極低，身體跟五條腿上都長滿紅棕色的粗毛，腳是一團畸形的肉球。Quintaped 只出沒在蘇格蘭最北端的德列島。也由於這個緣故，德列島也因此變成了『抗辨識區』。

根據傳說，德列島本來住有兩個魔法家族：麥克里佛以及邁克布恩。有天兩家的族長喝醉酒決鬥，結果麥克里佛的族長杜格被邁克布恩的族長五郎殺死了。

根據故事的發展，後來一幫麥克里佛家的人趁黑夜包圍了邁克布恩的屋子，用變形術將所有邁克布恩家的人都

變成了五隻腳的怪物。麥克里佛家的人後來便發現，變形後的邁克布恩反而比原來更危險，但為時已晚（邁克布恩家的人一向在巫術方面的表現就不怎麼樣）。

更糟的是，儘管他們想要將邁克布恩再變回人類，對方卻說什麼也不願意。最後這些怪物們誅滅了麥克里佛全族，島上一個人類也不剩。到這時邁克布恩怪物們才恍然大悟，少了人在一旁用魔杖施法，牠們是再也變不回人了。

傳說是真是假，不得而知。如今當然已經找不到任何麥克里佛或邁克布恩的後裔，可以告訴我們當初他們祖先的遭遇。Quintaped 不會講話。

儘管奇獸管控部三番兩次想要抓一隻當實驗品，以便能試著解掉牠們身上的變形術，卻屢次遭到頑強的抵抗。因此，假如這些怪物果真如牠們的綽號所稱，是『長毛邁克布恩』的話，我們也只好假定，牠們當怪物當得很快樂，再也不打算當人了。

⇥ Ramora ⇤

M.O.M. 分級：XX

Ramora（錨魚）產於印度洋，是一種銀色的魚。牠具有極強的魔力，能夠像錨一樣固定船隻，是海員的守護神。國際巫師聯盟極為重視錨魚，頒布了多條律法，保護牠們不受巫師盜獵者的侵害。

⇥ Red Cap ⇤

M.O.M. 分級：XXX

Red Cap（紅軟帽）這種動物長得像矮人，居住在古戰場的洞穴中，或是任何灑過人血的所在。雖然說很容易就能用咒術將牠們驅走，對於落單的麻瓜來說，牠們卻極為危險。牠們會在黑夜裏試圖將這些麻瓜用棒活活打死。Red Cap 最常於北歐出沒。

⇥ Re'em ⇤

M.O.M. 分級：XXXX

Re'em（金牛）極為罕有，全身長滿金毛，巨碩無比，產於北美以及東亞的野外。喝了牠們血會變得力大無窮，不過由於太稀少，根本就別指望在市面上出售。

⟶ Runespoor ⟵

M.O.M. 分級：XXXX

Runespoor（三頭蛇）產於非洲布吉納法索這個小國。這種三個頭的蛇，身長可達六到七呎。牠是暗橘色底帶黑條，極爲醒目。因此布吉納法索的魔法部特別爲了牠們，將幾個森林劃爲抗辨識區。

Runespoor 雖說生性並不算惡毒，卻曾經是黑巫師最愛的寵物，無疑是由於牠搶眼嚇人的外貌。在那些養過 Runespoor、並跟牠們交談過的爬說嘴當中，有部分的人留下記載，而世人便因此而得知了 Runespoor 的有趣習性。

這些紀錄揭露了，Runespoor 的每個頭均各司其職。左邊的頭（以巫師面對牠時來看，是左邊）是策劃者。牠決定整條蛇該上哪去，該做什麼事。

中間的頭是夢想者（Runespoor 可以連續好幾天動也不動，沉醉在絢麗的景象及想像當中）。右邊的頭則是批評者，會不斷發出惱人的嘶嘶聲，對其牠兩個頭的決定下評判。右頭的獠牙十分毒。

Runespoor 很少安享天年，因爲三個頭常打來打去。我們常會看見有蛇是少了右頭的，因爲左、中兩個頭常聯

合起來，把右頭咬掉。

Runespoor 是已知唯一從嘴巴產蛋的魔法怪獸。這些蛋可以用來調製刺激心智活動的魔藥，價格非凡。過去幾個世紀以來，Runespoor 及蛇蛋的黑市交易一直很熱絡。

⦁ Salamander ⦁

M.O.M. 分級：XXX

Salamander（火蜥蜴）是住在火裏頭的一種小型蜥蜴，靠吃火燄維生。牠平常是豔白色，而會隨著包著牠的火溫度不同，牠的顏色也會變成藍色或猩紅色。

Salamander 若是離了火，只要一直餵牠胡椒，就可以活上六個小時。打牠們自火中蹦出開始，那團火就不能滅，一滅牠們就無法活下去了。Salamander 的血用來治病或滋補，功效極大。

⦁ Sea Serpent ⦁

M.O.M. 分級：XXX

Sea Serpent（海蟒）出沒於大西洋、太平洋以及地中海海域。雖然說外貌嚇人，卻從未聽說過 Sea Serpent 會傷人，不過麻瓜倒是留下許多歇斯底里的紀錄，指控牠們行為兇暴。 Sea Serpent 乃是馬頭蛇身，身長可達一百呎，每回浮出海面都是一大坨。

⊹ Shrake ⊹

M.O.M. 分級：XXX

Shrake（刺蝟魚）一身是刺，出沒於大西洋。當初出現刺蝟魚，是因為在十九世紀早期時，有群麻瓜漁夫對海上一隊巫師不敬，因此巫師造出這種魚來教訓他們。自那天以後，只要有麻瓜跑到那塊海域打魚，漁網撈上來都是給劃破，空空如也，而這自然是深海底下的 Shrake 幹的好事。

⊹ Snidget ⊹

M.O.M. 分級：XXXX

Golden Snidget（金探鳥）（註 12）是一種極為稀少的保育鳥類。牠整個身子都是圓的，鳥喙既細又長，一對紅眼像寶石一樣亮晶晶。牠的飛行速度極快，並且能在高速

之下自如地變換方向，這是因為牠翅膀的關節可以迴轉。

Golden Snidget 的羽毛及眼睛極為貴重，因此曾一度被巫師獵到濱臨絕種。幸好及時正視這個危機，採取一連串措施，才使牠倖存下來。

在所有的拯救行動中，最重要的要屬修改魁地奇球賽的規定，廢除使用 Golden Snidget，以金探子代替（註13）。Golden Snidget 的保育區遍布全世界。

✦ Sphinx ✦

M.O.M. 分級：XXXX

埃及的 Sphinx（人面獅身獸）有著人類的腦袋以及獅子的身體。一千多年來，女巫及巫師們都用牠來守護貴重品，以及秘密躲藏處。Sphinx 智力極高，非常喜歡謎題及謎語。通常只有當 Sphinx 守護的東西受到侵犯時，牠才會獸性大發。

【註12】：Golden Snidget（金探鳥）被標為第四級，並不是因為牠很危險，而是因為，若是捕捉或傷害牠，將會遭到巨額的罰款。

【註13】：若是想更了解 Golden Snidget 在魁地奇發展史上扮演的角色，請參閱坎尼渥錫・威斯朋所著的《穿越歷史的魁地奇》一書（神巫圖書公司，一九五二年）。

⊹ Streeler ⊹

M.O.M. 分級：XXX

Streeler（變色蝸）是一種巨型蝸牛，每個小時變色一次，所經之處都會留下一道毒性極強的痕跡，會讓周圍的植物通通枯萎焦死。

Streeler 是好幾個非洲國家的土產，不過在歐洲、亞洲及美洲都有巫師培育成功。許多人將牠當成寵物，為的是牠那萬花筒般的變色彩殼；而牠的毒液則是少數剋得死 Horklump（毛菇精）的幾種物質之一。

⊹ Tebo ⊹

M.O.M. 分級：XXXX

Tebo（遁形豬）是一種土灰色的疣豬，產於剛果與薩伊。牠有著隱形的能力，使得要躲牠或捉牠都極不容易，而且非常危險。Tebo 的皮價值不菲，因為巫師們都拿它來做防禦盾牌及衣著。

⊹ Troll ⊹

M.O.M. 分級：XXXX

Troll（山怪）是一種恐怖的動物，高達十二呎，體重上噸。山怪不僅是以一身怪力及腦袋空空聞名，同時還極爲殘暴，喜怒無常。

Troll 原產於斯堪地那維亞，不過近來也出沒於英國、愛爾蘭以及北歐其他地區。

Troll 通常只會哼哼唧唧，那似乎是一種粗淺的語言，不過有的仍舊能了解人話，甚至能說上幾句。山怪當中，也不乏稍微有一丁點智力的，會讓巫師挑來做守衛。

Troll 總共分三種：山區山怪、林間山怪以及河濱山怪。山區山怪是最大最兇猛的。牠禿頭，膚色灰白。林間山怪膚色則是灰綠，有些有長頭髮，髮色爲綠或棕色，細緻，蓬亂。河濱山怪長有短角，有些毛很多。牠的膚色爲淡紫色，常躲在橋下。Troll 吃的是生肉，從不挑食，不管野獸或是人類都吃。

✢ Unicorn ✢

M.O.M. 分級：XXXX（註 14）

Unicorn（獨角獸）是一種很漂亮的怪獸，分布在北歐的森林地帶。牠長成之後是純白的馬，頭上有角，不過小馬剛生下來時則是金色的，而在成熟之前會轉成銀色。

Unicorn 的角、血以及毛都具有極強的魔力（註15）。牠通常不喜歡人類摸牠，要的話，也頂多讓女巫接近，巫師則不太容易。此外，牠的腳程極快，非常不好抓。

⚁ Werewolf ⚁ 不都是壞的

M.O.M. 分級：XXXXX（註16）

Werewolf（狼人）的蹤跡遍布全世界，不過一般認為，牠原產於北歐。人只有被咬了才會變成 Werewolf。目前尚無解藥，不過近來魔法製藥學有了突破，已經可以將某些最可怕的症狀減到最輕。

每逢滿月之時，這些原本清醒正常的巫師、麻瓜患者，就會搖身一變，成為殺人的野獸。Werewolf 非常喜歡找人類下手，而不選擇其他的獵物，這在魔法動物中實屬罕見。

【註14】：參照人馬的分級註釋。

【註15】：跟小仙子一樣，獨角獸在麻瓜世界中名聲也極佳——而牠可是實至名歸。

【註16】：這裡的分級當然是指變形後的狼人而言。當沒有滿月時，狼人就跟任何其他人類一樣無害。讀者若對狼人天人交戰的心路歷程有興趣，請參閱由某位匿名者所寫的經典狼人故事《狼牙赤子心》（神巫圖書公司，一九七五年）。

✦ Winged Horse ✦

M.O.M. 分級：XX-XXXX

Winged Horse（天馬）世界各地都有。牠們分許多不同種類，包括有 Abraxan（阿不拉薩；威力無比的巨大金馬）、Aethonan（伊索南；栗色，爲英國與愛爾蘭盛產）、Granian（葛雷尼恩；灰色，速度特別快），以及極爲罕有的 Thestral（塞斯輆；黑色，具有隱形能力，被許多巫師認爲不吉利）。如同鷹馬一樣，牠們的飼主也必須定期地對牠施以『去幻像咒』（參照導論）。

✦ Yeti ✦

（又名大腳、怪雪人）

M.O.M. 分級：XXXX

Yeti（雪人）產於西藏，一般相信與山怪有血緣關係，不過至今仍無人能接近牠做檢驗。牠身高達十五呎，從頭到腳都是純白色的毛。只要有動物迷失，跑進牠的勢力範圍，Yeti 都吃。不過牠怕火，巫師若功力高強，則是有辦法將牠擊退的。

查德利砲彈隊

跋
關於 Comic Relief 基金會

　　『Comic Relief』基金會是英國最著名、最成功的慈善機構之一。自一九八五年起,該機構已募集了總計一億七千四百多萬英鎊的款額,並捐助了紅十字會、牛津飢餓基金會(Oxfam)、盲胞救助基金會(Sight Savers)、國際愛滋聯盟(International HIV/AIDS Alliance),以及國際反奴役基金會(Anti-Slavery International)等慈善團體。而《哈利波特》系列的出現,則為『Comic Relief』基金會帶來了新的契機,讓它能幫助更多不幸的人們。我們為此特別設立了一項『哈利圖書基金』,統籌《穿越歷史的魁地奇》以及《怪獸與牠們的產地》兩本書的所得,以捐助全世界各種兒童公益活動。每賣出一本,就多做了樁善事!只要新台幣十七元就能送一個孩子上一星期的學——而這將永遠改變他或她的一生。

　　請各位上www.comicrelief.com/harrysbooks網站,看看各位購買這些書的款項,是拿去做了哪些善事。這筆『哈利圖書基金』,將會用來資助孩童們的教育、反兒童

奴役活動，以及幫助那些被戰火拆散的親子重新團聚。另外，這筆基金還會用來做愛滋病防治的宣導，以及救助那些遭地雷炸傷的兒童們。

『Comic Relief』基金會最了不起的一點，就是它所有的花費都是經由贊助而來，因此它並不會拿社會大眾的捐款來給付行政支出。而這意味著，由於省下了大筆的行政經費，它能夠運用在慈善救助上的款額，也就相對地大幅倍增了。

撰寫《穿越歷史的魁地奇》以及《怪獸與牠們的產地》，一直是我多年來私底下的一個心願，而正好『Comic Relief』基金會的理察・寇帝斯寫了封信給我，於是我便把握了這難得的機會，對這個我一向都很支持的慈善團體，提供了一點幫助。所有參與這兩本書發行的人，包括出版社、書商、書店，都慷慨解囊，捐出了這兩本書的大部分所得，為『Comic Relief』基金會的『哈利圖書基金』帶來了莫大的貢獻。

感謝各位購買這本書！

J.K.羅琳

國家圖書館出版品預行編目資料

怪獸與牠們的產地／J.K.羅琳著；雷藍多譯─初
版.─臺北市：皇冠，2001【民90】
面；　公分.─（皇冠叢書；第3143種）
　譯自：FANTASTIC BEASTS & WHERE TO FIND THEM
　ISBN 957-33-1825-3（平裝）
873.57　　　　　　　　　　　　　　90015545

皇冠叢書第3143種

怪獸與牠們的產地
FANTASTIC BEASTS & WHERE TO FIND THEM

作　　　者─J.K. ROWLING　　譯　　者─雷藍多
發　行　人─平鑫濤
出版發行─皇冠文化出版有限公司
　　　　　台北市敦化北路120巷50號　　電話◎ 2716-8888
　　　　　郵撥帳號◎ 1526151~6號
香港星馬─皇冠出版社（香港）有限公司
總　代　理　香港灣仔告士打道80號16樓
　　　　　電話◎ 2529-1778　　傳真◎ 2527-0904
出版統籌─盧春旭　　　　　英文選書─余國芳
編務統籌─孟繁珍　　　　　版權負責─莊靜君
校　　　對─鮑秀珍・蔡曉玲・孟繁珍・彭倩文
美術設計─王瓊瑤　　　　　印　　務─張芸嘉・林佳燕
行銷企劃─林民宜
著作完成日期─2001年
初版一刷日期─2001年9月20日

法律顧問─蕭雄淋律師、王惠光律師
有著作權、翻印必究
如有破損或裝訂錯誤，請寄回本社更換
讀者服務傳真專線◎ 02-27150507
皇冠文化集團網址◎ http://www.crown.com.tw
電腦編號◎ 404005　　　◎ ISBN 957-33-1825-3
Printed in Taiwan
本書定價◎新台幣120元／港幣40元／14銀西可3青銅納特

哈利波特中文官方網址◎http://www.crown.com.tw/harrypotter